Le Danube n'est pas bleu

Monika Espinasse

Le Danube n'est pas bleu

© 2021 Monika Espinasse

Édition : BoD - Books on Demand,
12/14 rond-point des Champs-Élysées, 75008 Paris
Impression : BoD - Books on Demand, Norderstedt,
Allemagne

Illustration : Mélanie Silva

ISBN : 978-2-322249053
Dépôt légal : mai 2021

La vie est comme une valse, les danseurs tourbillonnent, tournent de plus en plus vite, un tour à l'endroit, un tour à l'envers, puis ralentissent en douceur. La valse étourdit, enchante, fatigue, redonne de l'élan, du courage, de la gaieté, de la joie. Et parfois un peu de mélancolie.

A ma famille nombreuse d'ici et de là-bas
Merci à mes enfants pour leur soutien
Et à mes amies en écriture pour leurs encouragements

Décembre 1999

Sabine

J'attends Victor.

Dehors il neige, mais je suis bien à l'abri dans ce café accueillant. Bois sombre, miroirs aux cadres dorés, banquettes en velours rouge. Ambiance intime dans cette fin de journée, feutrée et calme malgré l'affluence. Les garçons s'activent pour porter la commande aux clients, thé, café, pâtisseries, mais aussi des plats du jour et des soupes au *gulyas* à toute heure de la journée. Je l'aime, ce café, j'y viens souvent depuis mes années d'étudiante. C'est Monsieur Jean qui me sert. Il est dans la maison depuis des lustres. Il les connaît, ses habitués, ceux qui viennent tous les jours, retrouvent les mêmes places, passent les mêmes commandes, font partie de la vie du café. Il me salue d'un mot gentil, avec une pointe d'accent hongrois qui lui reste de sa jeunesse.

Il se tient devant moi, tablier noir noué autour de la taille, serviette blanche posée sur le bras plié, portant un plateau en argent avec élégance. Je commande un *capucin*, une des multiples spécialités de café viennois, il me sert donc un long café noir avec un chapeau de crème Chantilly. J'aurais pu choisir un *fiacre* ou un *franciscain* ou tout simplement un *mélange* parmi les nombreuses façons d'accommoder le café à Vienne. Puis Monsieur Jean pose devant moi une assiette avec un feuilleté aux pommes, le célèbre *Apfelstrudel*, surmonté, là encore, d'un joli dôme de crème Chantilly que je déguste délicatement.

Victor est en retard, comme souvent autrefois. Je parcours les journaux mis à disposition sur un comptoir en bois ciré, et jette un œil sur les programmes des théâtres et de l'opéra qui sont affichés sur un mur près de la porte. Incroyable, le nombre important de propositions culturelles. J'aime ma ville pour ça aussi. Vienne est à la fois intime et internationale, facile d'accès et ambitieuse. On dit que Vienne vit sur son passé, mais la ville s'est ouverte, va de l'avant, innove.

A travers la vitre, je vois tomber la neige à gros flocons, doucement, tourbillonnant à peine, couvrant le sol d'une épaisseur blanche encore immaculée. Les lampadaires éclairent la rue. Les voitures passent plus lentement, le tramway grince et tinte en tournant, les bruits sont étouffés par le temps. Voilà enfin Victor ! Il passe la tête par la portière en velours rouge, et me retrouve avec un grand sourire. On s'embrasse tendrement. Victor, mon frère, tu étais absent depuis bien trop longtemps. « Alors raconte ! Qu'est-ce que tu deviens ? Et d'abord, qu'as-tu pensé de la cérémonie ? »

Nous nous étions vus tout à l'heure au *Cimetière Central* de Vienne. Il avait fait froid. Le vent était glacial. Les pieds glissaient sur le tapis de feuilles mortes. Des arbres centenaires se penchaient sur les pierres tombales. Les allées rectilignes, tracées au cordon, sillonnaient les grands espaces de verdure. Çà et là, quelques fleurs et des bougies sous verre résistaient à l'hiver. Ce grand jardin des morts respirait l'harmonie, pendant que nous accompagnions notre père à sa dernière demeure. Les gens étaient venus nombreux pour lui rendre hommage. Les couronnes exposées autour du cercueil, le discours des vieux amis retraçant sa vie, l'oraison du prêtre, les chants de la chorale paroissiale. La chorale que mon père avait fondée il y a longtemps et qu'il avait portée à bout de bras pendant près de quarante ans. Nous avions écouté des extraits du Requiem de Mozart, son compositeur préféré. Le moment était solennel, les pensées tristes remontaient, des souvenirs joyeux aussi. Mon père était musicien, chef d'orchestre, Leo Reiser, le Maestro. La renommée de la chorale avait dépassé les limites de la paroisse et les répétitions comme les concerts étaient suivis avec enthousiasme par les chanteurs amateurs. Mon père s'y était consacré totalement, c'était l'entreprise de sa vie, la réussite l'avait rendu heureux, mais notre famille avait souffert de ce sacerdoce, il fallait suivre sans rechigner, participer sans poser de questions, filer droit. Un chef. Il régentait ses deux fils comme il dirigeait sa chorale, avec enthousiasme, avec poigne et sans douter. Victor en avait souffert longtemps, alors que Paul, en fils aîné, avait su garder avec lui des relations sans heurts. Moi, j'étais la plus jeune, et puis j'étais une fille, je n'avais pas ressenti cette contrainte de la même manière. J'aimais chanter, aller aux répétitions, participer aux concerts qui me transportaient de joie.

    La cérémonie finie, l'assemblée dispersée, j'avais envie de me retrouver dans l'intimité avec mes frères. Paul, une fois de plus, s'excusait, il fallait qu'il repasse à l'agence, on aurait pu croire que tout allait s'effondrer sans lui. J'avais pris l'habitude, je ne lui en voulais même plus. Victor devait me rejoindre un peu plus tard au *Café Mozart*.

« Brr ! Qu'il fait froid ! J'ai les pieds tout mouillés ! J'ai voulu marcher dans la neige, mais j'ai fini par prendre le bus. Dis, je ne reconnais plus le quartier ! »

L'ancienne gare était devenue un nœud ferroviaire important. La grande halle du marché avait fait place à un hôtel moderne. Le centre commercial n'existait plus, un cinéma multiplexe et une belle librairie assuraient un passage animé. Malgré le brouillard et le froid, il y avait foule pour les derniers achats de Noël. Décembre n'est pas clément à Vienne, mais l'ambiance de Noël rassemblait les gens. Les éclairages, les grands sapins décorés dans la rue, les marchés de Noël scintillants sur les places des quartiers, cette atmosphère chaleureuse me séduisait chaque année, mais Victor n'y était plus sensible. Il était resté absent trop longtemps. Il grelottait, l'hiver viennois l'avait surpris. Mais il était content de retrouver sa sœur.

Il commande un grog pour se réchauffer, et -- les mains autour du verre – se détend.

« C'est vrai, il y avait beaucoup plus de monde que je n'aurais cru ! Il était une célébrité, le Maestro. Il aurait été content de la cérémonie ! Mais pour moi, c'était un moment difficile. J'ai tant de mauvais souvenirs ! Père passait tout son temps à la chorale dans la paroisse. Et il m'obligeait d'y participer, alors que j'avais tant d'autres projets ! Tu te souviens de mes succès sportifs ? Basket, gym, ski, tennis, natation, je me sentais bien dans toutes ces disciplines. Et lui, il ne parlait que chant. La musique, ça va, mais il n'y a pas que la chorale ! Tu te rappelles comme il me houspillait, il me reprochait de me dissiper. Alors on s'accrochait, on se disputait. Il voulait tracer ma vie, mais c'était la mienne ! Il fallait que je parte à la fin ! »

Mais il y avait aussi des souvenirs heureux. Victor, dans sa fatigue, se laisse aller. Une enfance au sein d'une famille unie, quand sa mère vivait encore. Une adolescence aux quatre cents coups, il avait toujours été un peu rebelle. Ses liens avec Paul, son frère, son ami ! « Paul et Victor. Victor et Paul. Inséparables dans l'enfance, dans l'adolescence. Les exploits comme les bêtises, tout se faisait à deux. La vie semblait tracée. Aucun doute nous effleurait. L'avenir nous appartenait ! »

Puis, il y a eu Elise.

« Frange blonde qui lui mange le visage, queue de cheval accrochée bien haut sur la tête, petit nez mutin, jolie bouche remuant sans cesse, une démarche de danseuse...

C'est comme ça que je l'ai connue, c'est comme ça que je la vois encore aujourd'hui devant moi. Tu te rappelles, tu étais en classe avec elle. On était tout juste ados, on voyageait dans le même tramway pour aller à l'école. On s'était revus aux compétitions du club de gym, elle était douée, vive, élégante dans tous ses mouvements. Elle habitait dans notre quartier, on faisait le chemin ensemble. On discutait de tout, on riait beaucoup. La vie était belle. Puis nous avons grandi. »

Il l'avait entraînée aux répétitions de la chorale. Ils se retrouvaient avec des amis. Anna, Paul, Tina et les autres... Les sorties du dimanche dans la forêt viennoise, piscine et rencontres de danses, surprises-parties. Après les soirées pour la chorale, l'entraînement sportif ou le cinéma, on finissait toujours chez le marchand de glaces italiennes. Puis il y avait la saison des bals, les grands bals de Vienne, dans les salles dorées des palais majestueux, les robes longues et les habits sombres, la musique toute la nuit. On dansait jusqu'au petit matin et repartait ensuite à l'école ou au travail.

Victor est plongé dans son passé, il oublie son entourage.

Peu à peu, Elise a envahi sa vie, ses pensées, ses désirs. Copine, amie, rêve, nécessité. Une valse avec Elise est un poème, un tango devient une brûlure. Les nuits dansantes le transportent de joie, il enserre sa taille fine et la fait tourner dans un tourbillon de bonheur. Elle le suit avec grâce, elle adore danser. Tous les garçons se serrent autour d'elle, elle papillonne d'un bras à l'autre, rayonnante.

« Comme elle était belle, petite sœur, tu te souviens ? Comme j'étais heureux à ce moment-là ! Je me sentais fort, invincible ! Comme je l'aimais ! Je lui aurais décroché la lune ! »

Février 1959

Elise

Elle a 16 ans. C'est son premier bal. Sa première robe longue. Toutes les jeunes filles rêvent de ces bals de Vienne si réputés, pendant la saison du Carnaval qui débute à la Saint Sylvestre et dure jusqu'au printemps ! Bal des fleuristes, bal des pâtissiers, bal des juristes, bal de l'Opéra... La salle immense est inondée de lumière. Les lustres en cristal étincellent et jettent leurs éclats sur les boiseries au décors dorés et sur le parquet ciré couleur miel. La musique est encore discrète. Bientôt, elle régnera sur la salle comme la lumière. Des couples se préparent. Ils font partie des danseurs qui ouvrent le bal. Ils entreront dans la salle sur la Polonaise de Chopin. Tam, tam, tam tam ! Les pas en mesure, légers, ils avancent en rangs serrés. Un pas en avant, un pas en arrière, deux de côté, avec grâce, je vous prie, on tourne, on retrouve son partenaire. Le carré aux rangées blanches et noires avance comme une vague. La musique puissante étourdit. Victor enlace Elise. Il l'a choisie pour l'accompagner dans cette ouverture.

C'est un danseur merveilleux, il a la musique dans le sang et le rythme dans les jambes. Il la guide d'une main ferme et légère à la fois. Ils se laissent porter par le mouvement de la musique. Maintenant, ils ont fini de défiler et sous les applaudissements des spectateurs, ils se lancent dans la Valse de l'Empereur.

Elise danse toute la nuit, tourne pour la valse, sautille pour la polka, glisse pour le tango. Passe de bras en bras, pas le temps de se poser sur une chaise. Elle vole, au-dessus des danseurs, jusqu'aux éclairs de cristal qui l'hypnotisent et qui tournent, tournent.... Sa robe blanche, longue, mousseuse tourbillonne avec la musique. Ce soir, elle se sent vivre !

Elise aimait les sorties en groupe, elle s'amusait, riait, chantait, dansait. Elle les aimait tous, ses amis, mais depuis peu, elle se rapprochait de Paul. Le plus grand, le plus sérieux. Le plus fort. Un vrai lion. Crinière blonde, rire sonore, énergie mâle. Parmi tous ces étudiants, lui, il travaillait déjà, il avait créé une agence de voyage et investi dans l'avenir. Elise était impressionnée, séduite. Devant cette force naturelle, elle fondait doucement sans se poser de questions. Sans réfléchir. Elle se laissait porter par ces nouveaux sentiments. Pour l'instant, ses amis n'avaient rien remarqué. Les sorties se faisaient toujours dans un joyeux mélange de confiance et d'inconscience.

« Si, si, moi j'avais remarqué qu'elle avait changé. J'étais très proche de mon frère Victor, et j'étais inquiète. Je voyais bien qu'il l'adorait, et qu'il ne se doutait de rien. Il ne voyait rien. Et moi, je ne pouvais rien lui dire ! Comment aurais-je pu lui dire que son frère allait lui enlever son amour ? »

Ce soir, Elise est aux anges. Paul l'a raccompagnée après la chorale avec son scooter. Elle s'est accrochée à lui pendant le trajet, passant les bras autour de sa taille. Le trajet peut durer, elle n'est pas pressée. Elle habite sur les hauteurs du quartier. D'habitude, elle prend le tramway. Ils s'arrêtent près de chez elle, au bord du *Jardin Suisse*. Lui aussi n'est pas pressé. Il gare le scooter et ils font quelques pas ensemble dans la douceur du soir. Elle est contente, ce matin, elle a choisi la jupe légère qui marque si bien sa taille fine et qui virevolte à chaque pas. Le printemps arrive. Les forsythias explosent dans une symphonie de fleurs jaunes. Les lilas embaument l'air du soir avec leurs effluves sucrées. Elise inspire profondément. Elle est émue, elle attend. Paul se rapproche, il prend sa main, et se tourne vers elle. La regarde avec chaleur. Silence. Ils ne se disent rien. Ils se regardent. Se découvrent. Ils se connaissent depuis longtemps, mais tout est devenu différent. Ils sont un peu timides, ils ont le temps.

Printemps 1959

Paul

« Elise, mon soleil ! Mon papillon scintillant ! »

Il la retrouve souvent le soir ! Il n'ose pas lui avouer ses sentiments, elle est si jeune, si confiante, il ne voudrait pas la perturber. Mais elle doit bien se douter de son amour, elle semble plus proche depuis quelque temps.

Déjà, elle appartenait à son univers, elle donnait un nouveau sens à sa vie. Avant, il ne pensait que travail et paroisse. Elle le sortait du quotidien, chaque rencontre le chavirait, l'air lui semblait plus léger depuis qu'ils se retrouvaient. Il ne pensait pas tomber amoureux si vite, il se consacrait tout entier à son entreprise, mais Elise avait réussi à l'ébranler, à l'entraîner ailleurs.

Ce soir, Paul s'attardait au téléphone. Son agence de voyage commençait à bien tourner. Jusqu'ici, il était seul à faire face à toute l'organisation. Mais maintenant, il sentait un besoin grandissant d'être secondé par une personne compétente quand il devait s'absenter. Il s'impatientait, son interlocuteur n'arrivait pas à raccrocher. Il aurait dû être en route. Il trouva la phrase pour mettre fin à l'entretien et se leva en hâte de sa chaise, renversant une pile de documents au passage. Il entassa le tout à la va-vite et sortit en fermant à clef. Le scooter l'attendait au bord du trottoir. Une Vespa dont il était fier. Il avait déjà fait quelques voyages dans les Alpes suisses et la Vespa avait résisté à tous les problèmes de froid et d'altitude. Il se lança dans la circulation, slaloma à travers une file de voitures qui embouteillait l'avenue et suivit les rails du tramway pour aller plus vite. Rentré chez lui, il se changea rapidement, chemise blanche légère et pull-over jaune printemps jeté sur les épaules. Il dévala les escaliers et reprit le scooter resté devant la porte. Optant pour le raccourci à travers le parc, il accéléra jusqu'au bout de la rue, poussa ensuite sa Vespa à pied en suivant la voie cycliste pendant une trentaine de mètres. Il déboucha à côté du *Bunker* gris qui dominait le parc et s'engagea sous le porche qui amenait au feu rouge et à l'avenue principale. En bifurquant, il évita de justesse un cycliste inattentif, puis accéléra pour les derniers cent mètres jusqu'au marché où il avait rendez-vous avec Elise.

Il la vit, là-bas, plantée devant l'église Saint-Nicolas, gara son scooter, traversa la rue, et jeta un coup d'œil machinal sur la vitrine d'information de la paroisse. Une lettre pontificale y était affichée. Surpris, il découvrit une photo du nouveau pape Jean XXIII, élu récemment, après la mort de Pie XII. De l'autre côté du portail se trouvaient les faire-part de décès encadrés en noir, et le programme des activités pour la semaine pascale. C'était chargé. La paroisse était très active. La messe dès 6h du matin, les rencontres de recueillement de l'après-midi, les prières du Jeudi Saint à partir de 18h, et le vendredi le chemin de croix. Ce serait long, mais il espérait bien y participer comme chaque année. Et samedi soir, pour la fête de la Résurrection, le concert tant attendu par les paroissiens aurait lieu pendant la messe, chanté par quarante musiciens, hommes et femmes, sopranos, altos, ténors et basses. Bach, Mozart, Schubert, des chants sacrés, solennels, merveilleux d'harmonie accompagnés par les orgues réputées de l'église.

« Allez, Paul, on y va ? » Elise s'impatientait. D'autres membres de leur groupe arrivaient et les entraînaient à l'intérieur. La répétition pouvait commencer.

« Comment fait-on pour avertir un grand frère ? Qui plus est, un grand frère amoureux ! Le mettre en garde ? Lui faire entrevoir les complications qui se préparent ? Je me sentais impuissante. Je n'étais qu'une petite sœur de deux grands frères qui allaient tout droit vers un affrontement sans s'en rendre compte. Je me décidais de parler à Anna, mon amie, et la grande amie d'Elise. Elle pourrait peut-être trouver une solution, elle la connaissait si bien ! »

Anna

Anna est ennuyée. Avant-hier, son amie Sabine lui a fait des confidences après la répétition.

Elle l'a raccompagnée chez elle comme elle le fait souvent. Paul et Victor étaient absents ce soir, et elle a saisi l'occasion pour parler avec Anna de cette relation un peu compliquée à trois. Elle aimerait mettre Elise en face des réalités. Faire un choix, même si ça fait mal. Anna cherche à comprendre. Elle est embarrassée, Sabine lui demande conseil, mais cette affaire de cœur est tellement personnelle, elle ne voit pas comment l'aider. Pour elle aussi, c'est simple, c'est l'un ou c'est l'autre, on réfléchit et on décide. Mais pour Elise ? Est-elle naïve ou carrément allumeuse ? Si elle a du mal à choisir, il faudra bien se décider ! Si elle a peur d'affronter le problème, tout le monde autour d'elle va souffrir ! Anna s'inquiète tout comme Sabine. Comment conseiller cette jeune écervelée ? Et Paul, comment va-t-il réagir ? Il est tellement préoccupé par son travail, peut-être ne se rend- il même pas compte des sentiments de Victor. Il ne voit plus qu'Elise.

Anna habite dans le quartier des ambassades. De belles maisons cossues, des rues calmes, peu de voitures. Elle occupe un petit emploi de quelques heures par semaine à la librairie près du marché, et ce soir, elle ira à la répétition de la chorale à l'église St Nicolas juste en face du marché. Ce sera l'occasion de parler à Elise. Elle en a la ferme intention, même si elle a l'impression de se mêler de ce qui ne la regarde pas.

Elle va souvent à pied. Elle aime ces trajets qu'elle peut varier selon son envie et selon ses horaires. Cela lui permet de réfléchir. Cette fois-ci, elle prend tout de suite à droite et longe la rue de son enfance. Passe le bâtiment de son école primaire, puis traverse devant l'*église russe*, en briquettes roses et blanches, aux quatre tourelles coiffées de coupoles dorées. Elle est souvent entrée dans cette église à l'intérieur tout en or scintillant. Elle passe devant la grille fermée et arrive à la passerelle qui surplombe la ligne de train. Monter vingt marches, traverser le pont en ferraille, descendre l'escalier en face, replonger dans les rues de la ville. Elle dépasse les bureaux où son père travaille et s'approche du parc et de ses deux tours grises, carrées, massives, les *Bunkers*, restes de la dernière guerre.

Anna aime cette ville. A l'université de Vienne, elle suit des études d'histoire et de littérature. Elle sent l'aura des maisons, palais, fontaines, monuments. Les rues lui parlent à chaque trajet. Et à Vienne, l'histoire a marqué le paysage. Ces tours énormes en béton qu'elle longe maintenant à l'orée du parc, les bunkers, sont des tours de défense antiaérienne appelées tours de *Flak* qui servaient aussi d'abri à la population affolée par le bruit des bombes. Aujourd'hui celle qu'elle est en train de contourner, est devenue un dépôt pour le musée des arts appliqués. Une autre tour de *Flak* a été transformée en aquarium géant, la *Maison de la Mer*. La paix a assagi l'usage de ces bâtiments. Trop massives, trop difficiles à détruire, elles sont restées plantées dans le paysage, sentinelles brutes d'une histoire récente.

Anna souffle un peu et se réjouit en pensant à la répétition qui l'attend ce soir. Des chants religieux, Bach, Schubert, Mozart. De la belle musique, solennelle, émouvante. Des voix qui s'élèvent dans un ensemble harmonieux, qui transportent les chanteurs et ceux qui les écoutent. Des amis retrouvés dans une même passion. Anna a une voix d'alto, grave et posée. Elise, elle, survole l'ensemble avec sa belle voix de soprano claire et limpide. Dans les concerts, c'est elle qui chante les solos et emporte l'assemblée avec sa voix d'ange. Elle dit qu'elle préfère la musique légère, les valses, les mélodies tsiganes ou les chansons viennoises. Anna n'est pas d'accord avec elle. Les chants de Noël, le chœur en fête, les voix qui se relaient et se superposent en canon élèvent l'âme et remplissent l'église d'un accord puissant.

Finalement, Anna a parlé à Elise, en tête à tête. Mais Elise est évasive.

« Tu comprends, j'aime beaucoup Victor, c'est un vrai ami, une âme sœur. Il est formidable, il m'emmène danser, courir, nager, il m'amuse, il me fait rire. Mais il y a aussi Paul, sérieux, ambitieux, plein de projets pour son travail. »

Elise continue à se confier à son amie, elle est séduite par le dynamisme de Paul, par sa vision de l'avenir. Son regard chaleureux l'enveloppe de tendresse, elle fond quand il la regarde. Elle ne sait plus, elle n'arrive pas à décider....

Anna est excédée. Lui répond d'un ton sec :

« Tu réagis comme un enfant, là ! Tu ne peux pas aimer les deux, non ? Tu attends que les garçons décident pour toi ? Quelle misère ! Secoue-toi un peu, Elise, deviens adulte ! »

Elle finit par la planter là et s'en va, mécontente d'elle-même et de son amie.

Décembre 1999

Sabine

Sabine regarde Victor assis en face d'elle, sirotant tranquillement son grog.

Anna avait fait ce qu'elle avait pu. Mais Elise n'avait rien décidé, elle vivait le nez en l'air, admirant ses deux amoureux, sortant avec l'un, puis avec l'autre, et nous, les amis et moi, nous étions les témoins impuissants de cette histoire. Parfois, j'y pense encore...

J'ai 18 ans, je passerai le bac en juin. Je suis avec ma bande d'amis. Je tiens la taille de Paul, serrée contre lui sur le scooter... je chante et danse joyeusement avec Elise... je visite les musées avec Anna en devisant sur le dernier film d'Ingmar Bergman... je souffre avec Victor qui vient de se douter pour la première fois de ses déboires amoureux....

La mélancolie me gagne. Les souvenirs sont lointains, diffus, imprécis, mais tenaces. Des moments sans importance. Qui sont pourtant bien accrochés dans ce flot de vécu. Qui émergent, imprévus, imprévisibles, insignifiants et qui sont pourtant les premiers à monter à la surface. Victor ne se doute pas de mes retours furtifs vers le passé. Il lit le journal.

...Nos sorties vespérales chez le glacier italien, dès que le temps se mettait au beau, le rire cristallin d'Elise commandant son éternel cornet de glace au malaga, le goût acidulé de la glace au citron que j'aimais alors, un bain de minuit dans les eaux du *Vieux Danube*, enveloppée par la douceur de l'été, une danse endiablée avec Victor, pied de nez aux anciens, aux sérieux, aux traditionnels, Paul qui nous rejoignait en fin de soirée, toujours juché sur son scooter....

Je l'ai déjà dit, j'aime ma ville, je ne conçois pas qu'on puisse la quitter.

J'ai envie de déclamer avec *Anton Wildgans* « ich bin ein Kind der Stadt », je suis un enfant de la ville. J'aime marcher dans les rues, toucher les façades crépies des maisons cossues. Je me rappelle avoir couru pieds nus sur le goudron qui fondait dans la chaleur de l'été. Je revois les petits carrés de verdure qu'on appelait « parc », où un forsythia m'apprenait le printemps, où s'épanouissait un magnifique magnolia avec sa floraison miraculeuse de tulipes violettes...

Je me souviens des rangées de lampadaires qui nous accueillaient dans une mer de lumière à l'entrée de Vienne. Je me souviens des hivers de mon enfance où nous glissions avec nos luges dans les rues enneigées, où les voitures garées le long des trottoirs disparaissaient sous un épais chapeau blanc pendant des jours et des jours...

Je me souviens de l'odeur des rues après l'orage, du bruit des cloches qui se donnaient rendez-vous à l'angélus. Tant d'églises de mon quartier, l'église du *Sacré Cœur*, l'église des *Bohémiens* qui proposait la messe en tchèque, l'église orthodoxe russe et ses coupoles brillantes, l'église de la *Naissance de Marie*, l'église des *Tanneurs* dédiée à St Othmar, avec son haut clocher pointu, l'église Saint Nicolas près du marché, qui a fait partie de notre vie adolescente, paroisse, chorale, veillées, bals...

Je me ressaisis - « assez rêvé ! » - et me tourne vers Victor qui regarde sa montre. « Tu es pressé ? »

« Non, mais j'ai faim. On peut aller manger quelque part ? Tu es libre ? »

« Je pensais passer à la cave ce soir, tu sais, la cave à jazz sur le quai du canal, juste sous la petite église romane qu'on aimait tant, l'église *St Ruprecht*. Christian y joue avec sa bande. Tu peux m'accompagner, si tu veux, ça fera plaisir à tout le monde. Et tu pourras y manger, la carte propose des plats que tu avais aimés autrefois. *Wiener Schnitzel*, *gulyas*, saucisses de Francfort, Monsieur n'a qu'à choisir. Et il y aura de la bonne musique, du jazz New Orleans, tu verras, ils savent remuer la salle. »

« Dis donc, cela fait bien trente ans au moins qu'ils ont commencé à jouer là-bas ! Ils avaient créé leur groupe dans les années soixante ? Piano, trompette, basse, clarinette et la batterie, bien sûr ! Ils avaient déjà un timbre particulier, le rythme du swing dans le sang, pour écouter et pour danser, c'était le top ! Bien sûr que je viens avec toi ! »

Le froid les cueille en sortant. Il ne neige plus. Ils s'engouffrent dans l'entrée de la *U- Bahn* toute proche et quelques stations plus tard, ils sortent à *Schwedenplatz*, longeant le canal du Danube dont les eaux noires reflètent les lumières du soir. A l'entrée de la boîte de jazz, ils entendent déjà des bribes de musique, le son les accueille en force au sommet des escaliers raides en colimaçon. La salle est petite, voûtée et pleine de monde dès 20h. Au fond, sur la scène, Christian est à la trompette, Peter au piano, Werner à la basse, et Martin à la batterie. Le public commande à boire, à manger, et surtout écoute. Par contre, il faut crier, si on veut discuter un peu. Sabine fait de grands signes à Christian qui vient les rejoindre rapidement.

« Salut, Victor ! Cela me fait plaisir de te voir ici ! » Christian aimait bien son beau-frère, musicien dans l'âme comme lui. Il ne le voyait pas beaucoup, toujours en voyage, toujours en coup de vent. Ils s'étaient connus ici, à la cave, Victor avait accompagné le groupe dès ses débuts, avait même pris place au piano pendant quelque temps.

« Allez, viens ! Je t'emmène sur la scène ! Tu joues toujours, bien sûr ! Sabine m'a dit que tu avais aussi appris la guitare et l'harmonica ? Super ! Il faudra qu'on essaie de jouer ensemble pendant ton séjour. » Et ils s'éloignent vers les musiciens qui s'apprêtent à reprendre leurs instruments.

Sabine est restée seule à l'entrée et cherche dans la foule une connaissance ou une amie. Une petite tape sur l'épaule la fait se retourner. « Anna ! Je te croyais encore à Rome ! Tu es rentrée plus tôt ? »

Anna lui sourit, lui dit en élevant la voix pour se faire entendre dans le brouhaha : « Tu ne veux pas venir avec moi dans un coin tranquille pour qu'on puisse parler ? »

Et on se retrouve comme avant. Toujours son casque de cheveux épais qui sont blancs désormais et qui lui vont bien. Ses yeux verts de chat pétillent, elle se tient droite. Une démarche énergique, dansante. Je ne suis pas déçue. Je ne l'ai pas revue depuis des années, et je la trouve superbe. « Viens t'asseoir là à côté de moi ! » elle tapote le velours rouge de la banquette. Elle prend un verre de vin blanc. Et commence à raconter. Elle est revenue à Vienne, après ses années toscanes, après ses voyages d'études, le Maroc, l'Inde, le Japon, et maintenant Rome. Elle a toujours son album dans son sac. Et je vois défiler toute la collection de ses peintures, des tableaux qui ont évolué au fil des années, des paysages forts et colorés, taches et lignes, expressions et impressions. Des portraits purs, poignants, quelques traits, des coups de pinceaux tendres et attentifs, je suis émue. Je promets de venir la voir dans son atelier. Ses œuvres témoignent de son ouverture d'esprit. Elle a laissé l'histoire et la littérature depuis longtemps et se consacre à la peinture. Elle est contente de sa vie. Elle me raconte celle des autres. Et nous repartons dans les souvenirs lointains, ceux de nos vingt ans, quand nous étions tous heureux... »

« Tu te rappelles ? »

Eté 1959

Le concert

La musique ! Elle a toujours joué un grand rôle dans nos vies. Le swing, le jazz comme celui que nous entendons à travers les murs de la cave, la valse qui nous faisait glisser sur les parquets cirés, et aussi la musique des grands compositeurs classiques que nous chantions à la chorale, les mélodies que nous préparions pour les concerts, moments privilégiés qui nous passionnaient.

Oui, je me rappelle...

Le Maestro lève la baguette. Il nous regarde, ses yeux suivent le groupe, s'attardent sur chaque membre, chacun sent une attention personnelle, retient son souffle. Un signe de tête, la baguette dessine un arc et fend l'air. Le chœur entonne le premier chant, un air de Jean-Sébastien Bach, calme, mesuré. Le rythme s'impose, les voix se renforcent, s'élèvent, le chant prend de l'ampleur. Le public est devant nous. Salle pleine. Amis et amateurs de musique. Des toussotements dans les premiers rangs, des mouvements sur le balcon, puis le silence dans la salle, attentif, à l'unisson.

Nous étions arrivés tôt pour nous préparer, Victor en retard comme d'habitude. Toujours décontracté, jamais à l'heure. Il fallait se changer pour la représentation. Les filles s'habillaient en robe longue, blanche, taille bien prise, col châle finissant en décolleté pointu. Robes de cérémonie, toutes pareilles, un uniforme de fête. Les cheveux tirés en chignon, les mains gantées de blanc. Les hommes étaient en costume noir, chemise blanche, sous le menton un petit nœud papillon gris qui fermait le col. Chahuts, vocalises, remue-ménage bruyant dans les vestiaires.

Le public nous écoute, nous regarde. Nous occupons toute la scène, symphonie en blanc et noir, les hommes en noir au milieu des rangs du haut, les filles formant un cadre blanc tout autour. Un quart de noir, trois quarts de blanc, les hommes sont toujours en minorité, mais leurs voix profondes portent loin et posent une base sonore puissante pour les voix féminines.

Dans la bousculade, juste avant d'entrer en scène, Elise a un gros problème. « On a marché sur ma robe, l'ourlet est défait » crie-t-elle, désespérée. « Attends, je vais réparer les dégâts, ce sera vite arrangé ! » Anna sort un petit nécessaire de couture de son sac et remonte le tissu avec une aiguille. Devant une glace, Victor rectifie le petit nœud gris en soie qui s'est mis de travers. Il fait froid dans le vestibule, les bras nus sentent le moindre courant d'air. Je frissonne. Il y a le trac aussi, les mains tremblent, la gorge est sèche. Respire !

Depuis longtemps, le chœur s'entraîne, répétitions en soirée, matinées le dimanche, les chanteurs sont fidèles, assidus, passionnés. Le répertoire est divers selon les concerts organisés et le public espéré. Des thèmes religieux, musique de messes et de grandes fêtes, Noël et Pâques, chansons du folklore, lieder de Franz Schubert ou valses de Strauss. Le Maestro sait varier les propositions, leur ampleur évite la fatigue et l'ennui dans le groupe qui adhère par conviction et par admiration pour le musicien qui nous entraîne. Pour le grand concert de ce soir, un orchestre nous accompagne, nous met en valeur, souligne les timbres de voix. Les instruments renforcent notre élan, subliment les accords, la respiration devient jouissance.

Bientôt la finale ! Comme chaque année, nous terminerons en chantant « le beau Danube bleu » de Johann Strauss, la valse connue dans le monde entier, un hymne joyeux du pays autrichien. Musique dansante, swing avant l'heure, rythme rond et coulant comme le fleuve. Nos voix aussi balancent dans le rythme, un, deux et trois, légère hésitation avant chaque troisième mesure, spécialité de la valse viennoise, ample et chatoyante. Le public chante avec nous, certains se lèvent, applaudissent déjà. Notre clique d'étudiants nous soutient à grands cris, tape des pieds sur le sol pour exprimer la satisfaction, la musique, les cris, les applaudissements se mêlent, font monter la tension dans la salle, tension heureuse, nous finissons notre chant dans un essor de félicité, le cœur déborde, la tête tourne, le chef donne le dernier signe avec la baguette qui danse dans l'air et se pose sur le pupitre. Il se tourne vers le public, fait une révérence, les bras étendus largement, puis ramenés sur les genoux, se retourne, nous applaudit des deux mains levées. Il est heureux, grand sourire, grands mouvements, grande soirée, les musiciens s'associent. Ensemble, tous. Passion de la musique, du chant, de l'œuvre, du souffle en commun. Une fois de plus, le concert aura marqué notre année.

Je suis revenue dans la cave, en face d'Anna qui rêve aussi. La musique swingue dans la salle à côté et nous sommes plongées dans nos souvenirs des années soixante.

« Comment va Victor ? Il était parti si vite, si dépité, il a coupé clairement avec le passé, et nous, les amis, avons tous souffert de son absence. Tout le monde l'aimait, et d'un coup, il n'était plus avec nous. »

Paul et Elise aussi s'étaient refermés. Plus d'amis ni de famille. Il n'y avait qu'eux et leur amour soudain affiché au monde entier.

Eté 1960

Le mariage

Le mariage s'était décidé assez vite. Dès qu'il avait été sûr de ses sentiments, Paul avait fait la cour avec empressement. Elise s'était bientôt laissé emporter par cet amour, son cœur débordait de joie - joli cliché assez usé, mais qui reflétait bien son état. Quand il l'enlaçait, elle tremblait. Ses cheveux s'électrisaient sous les mains caressantes. Leurs baisers faisaient monter la chaleur dans son corps qui devenait souple, qui se lovait contre celui de Paul, les jambes défaillantes. Il était son premier amour, elle était prête pour lui. Et quand il lui demanda de l'épouser, elle dit « oui ! oui, mon amoureux, oui de tout mon cœur ! » Son prince l'avait demandée en mariage ! Elle était Blanche-neige, la Belle au Bois dormant et Cendrillon à la fois. Elle vivait son conte de fée. Ils allaient se marier l'été prochain, après une petite année de fiançailles. Ses parents la trouvaient un peu jeune, il y avait les études à finir, le baccalauréat à la clef. Ils pouvaient bien attendre l'année prochaine.

Nous étions tous invités au mariage. Dans l'église baroque, colonnes en marbre rose, dorées, torsadées, statues d'angelots dodus, lumières et bougies à profusion, les gens s'étaient rassemblés, alignés sur les bancs en bois. Elise attendait debout devant l'autel, magnifique en robe blanche satinée, un voile léger sur son chignon blond, savamment coiffé en haut de la tête, un bouquet de roses blanches dans les bras. Paul à côté d'elle, tête haute, léonin, élégant en noir et blanc, comme quand il allait danser aux bals viennois. La messe, longue, une heure au moins, les prières en latin, et les chants de la chorale, notre chorale, qui remplissaient la nef de sons joyeux, jubilatoires. Les récitations du prêtre, les « oui » des mariés, dans un souffle pour Elise, clair et net pour Paul. La sortie sous la haie d'honneur, le voile de la mariée qui traînait sur plusieurs mètres, porté et tiraillé par les petites demoiselles d'honneur en rose et blanc. Sourires éclatants, joie générale. Victor ? Oui, Victor était là. Bien sûr ! Il était le frère du marié, le beau-frère d'Elise, il se tenait droit, un peu à l'écart tout de même, sombre. On voyait bien que lui, il n'était pas heureux avec les autres. Il cachait ses sentiments comme il pouvait, mais ne réussissait qu'à paraître maussade. Non, Victor n'était pas à la fête.

Il avait beau se maîtriser, il n'arrivait pas à comprendre. Depuis un an, il ressassait sa déconvenue, sa défaite dans son histoire d'amour avec Elise. Ils étaient bien ensemble, il était sûr qu'elle ressentait la même chose. Il était jeune, mais il avait éprouvé un sentiment d'une profondeur qu'il n'avait encore jamais connu. Leurs sorties entre amis, en bande, avaient un peu faussé leur relation. Ils n'étaient jamais seuls, mais ils s'entendaient si bien !

Une légèreté joyeuse, un lien délicat qu'il supposait plein d'amour et qui semblait finalement se résumer à une amitié un peu amoureuse d'une jeune fille gaie, insouciante, souhaitant plaire, se distraire, s'affirmer et qui avançait en rêvant dans la vie, sans malice et sans se projeter dans l'avenir.

Il n'avait pas compris à quel moment elle avait changé. Peu à peu, elle avait évité ses avances et un jour, il l'avait vue qui regardait Paul, son frère, avec admiration, baissant vite la tête pour cacher ses sentiments. Il avait été meurtri, en avait voulu à Paul, à Elise, au monde entier, et aussi à lui-même. « Et si je lui avais parlé avant ? Et si je lui avais montré clairement que j'étais éperdu d'amour pour elle ? Peur d'un refus, d'un non, timide ou impétueux ? Trop fier pour prendre le risque d'être rejeté, gentiment, amicalement, ou brusquement ? » Maintenant c'était trop tard, et il n'arrivait pas à s'y faire. Elle avait épousé son frère, et il avait dû l'embrasser sur la joue en lui souhaitant une belle vie à deux...

C'est à ce moment-là, qu'il avait su qu'il ne pourrait pas supporter de les voir vivre leur couple, regarder leur bonheur, rester dans le sillage familial. Il y avait déjà des tiraillements avec son père, chef de famille, chef d'orchestre, et maintenant les relations amicales entre les deux frères allaient se disloquer, il le sentait, il ne pourrait pas pardonner, reprendre une vie de tous les jours. Et l'idée de partir ailleurs s'insinuait tout doucement...

« Tu te rappelles ? »

Anna aussi est perdue dans ses souvenirs un peu mitigés. Le mariage était superbement organisé, la mariée s'était faite princesse, les anneaux fins en or avaient été échangés, glissés sur les annulaires, je t'aimerai jusqu'à la fin de ma vie, je te chérirai......jusqu'à ce que la mort nous sépare. Ils avaient dit oui, bien sûr, la chorale avait entonné la marche nuptiale, ils étaient sortis la main dans la main, grand sourire et quelques larmes d'émotion. Signature du livre des mariages dans la sacristie, puis défilé des gens qui félicitaient, embrassaient, essuyaient furtivement les yeux humides. Les mères, les tantes, les sœurs, ça pleure dans les mariages, c'est bien connu. Anna avait été heureuse pour les mariés, elle avait été le témoin d'Elise. Mais elle en avait mal pour Victor, ce grand garçon tout en longueur, celui qui séduisait toutes les filles avec son rire, avec son entrain, qui nous charmait par ses talents de danseur, de musicien, d'acteur, Victor, le champion, qui était de toutes les fêtes. Victor qui - cette fois-ci - avait perdu.

    Il avait encore fini ses études de sport, fait la forte tête et le tombeur des filles, mais le cœur n'y était pas. En fin de compte, il était parti. Professeur de tennis, moniteur de ski, de natation, il voyageait. Les Alpes autrichiennes, suisses et françaises, la

Grèce, le Liban, été comme hiver, il trouvait un engagement qui lui convenait. Elise et Paul s'installaient dans leur vie à deux, bientôt à trois, le bébé était vite arrivé. Parmi tous les amis, les liens s'étaient un peu desserrés. Avant de partir, Victor papillonnait, noyant sa mélancolie dans des aventures de passage. Sabine avait connu Christian et faisait des projets d'avenir avec lui. Anna et Tina avaient trouvé des intérêts communs, elles aimaient les mêmes livres, le cinéma, les expositions. Anna habitait juste à côté du *Belvédère*, château baroque remarquable qui dominait un vaste jardin à la française, et offrait une vue superbe sur une grande partie de Vienne. Il y a cent ans, on avait créé un musée célèbre dans cette résidence du 18e siècle qui avait appartenu au prince *Eugène de Savoie*. Ce musée était dédié en particulier au peintre viennois Gustav Klimt, et à côté de ses nombreux tableaux, il y avait aussi des expositions d'autres peintres autrichiens connus comme Schiele ou Kokoschka. Elles y allaient souvent et elles avaient ainsi visité un grand nombre de tableaux de peintres divers qui avaient fini par inspirer Anna au point de laisser de côté ses études de littérature pour s'essayer dans la peinture. Elle travaillait toujours dans la librairie et les deux jeunes filles continuaient le chant à la chorale. Mais l'ambiance n'était plus la même, les amis s'étaient dispersés, fin d'études, nouveaux postes, voyages ou nid à bâtir pour un nouveau foyer, le groupe d'amis avait fondu comme neige au soleil.

Thomas

Parfois le nouvel ami d'Anna les accompagnait. Thomas vivait à Vienne depuis quatre ans. Un jour, il était entré dans la librairie et ils avaient sympathisé autour des livres et de ses commandes particulières. Thomas avait été journaliste dans la Hongrie voisine. Il avait fait partie des opposants au régime et avait participé aux manifestations à Budapest contre le gouvernement. En 1956, il avait été obligé de fuir avec un grand nombre d'autres compatriotes. Il avait dû se cacher dans une voiture, des amis lui avaient aménagé une cachette conçue pour résister aux contrôles à la frontière. Des barrages, le rideau de fer. Miradors, barbelés, claquements de fusils, no man's land, défilé de soldats et de chiens. Heures d'attente dans l'angoisse. A 60km de là, la ville de Vienne, havre de paix qui l'accueillit comme les milliers d'autres Hongrois.

L'Autriche observait la neutralité politique depuis peu. Les Autrichiens désiraient la paix, une vie tranquille. Pour l'instant, cela lui convenait. Il avait trouvé un emploi dans un journal et profitait à fond des propositions culturelles de la ville. Il parlait très bien l'allemand et le français, avec un joli accent chantant. Tina l'avait beaucoup apprécié : « Avec lui, nous parlons écrivains, cinéastes, peintres, et aussi politique. Nous, enfants de l'après-guerre, nous étions restés loin des préoccupations politiques. Je me rappelle vaguement avoir appris les noms du *Dr Karl Renner* et de *Theodor Körner* élus dans les années 1945/50, maire de Vienne, ou président de l'Autriche. On n'en parlait pas à la maison. On n'avait pas de télévision. A la radio, on écoutait des émissions de musique ou on suivait les compétitions sportives - oh, la descente de Toni Sailer aux Jeux Olympiques de *Cortina d'Ampezzo* en 1956, le commentateur qui allait plus vite que le skieur, « il a gagné ! Toni Sailer a la médaille d'or ! » Et nous sautions de joie, et nous imitions Toni Sailer sur les pistes de ski. »

Anna était plus consciente de l'histoire récente. En mai 1955, ses parents l'avaient amenée au *Belvédère*, le fameux château baroque où les quatre puissances alliées occupant l'Autriche depuis la fin de la guerre allaient signer le Traité d'Etat avec le chancelier *Leopold Figl*, traité important qui rendrait à l'Autriche sa liberté et l'engageait dans une neutralité permanente. Elle racontait que la vaste place devant le château était pleine de monde, les enfants grimpaient sur les statues pour mieux voir les ministres qui saluaient depuis la grande terrasse comme des rois et des reines, les gens applaudissaient et les acclamaient d'un mouvement en communion générale.

Même plus tard, les souvenirs politiques ne revenaient qu'en pointillé, l'élection de Kennedy aux USA, sa visite officielle à Vienne avec sa femme Jackie qui avait encore plus de succès que lui, les limousines noires qui filaient le long des boulevards, les rues barrées, les gens qui s'amassaient derrière les clôtures pour voir, pour acclamer, pouvoir dire – j'y étais ! Khrouchtchev qui tapait avec sa chaussure sur la table de la conférence lors d'un sommet à l'ONU, montrant son mécontentement avant de lancer la construction du mur à Berlin l'année suivante, la mort du pape Pie XII, très regretté par les paroissiens catholiques - l'Autriche était un pays très catholique, peu de protestants, peu d'athées, l'élection du pape Jean XXIII, pape moderne, qui promettait des transformations dans l'église...

Anna se perdait dans d'autres souvenirs, d'autres rêves de jeunes filles.

Nos héroïnes étaient de cinéma, italienne avec Gina Lollobrigida, beauté brune en jupe crayon et talons aiguilles, américaine comme Marylin Monroe, actrice aux cheveux blond platiné, symbole sexuel universel, séduisante et malheureuse, Brigitte Bardot, l'étoile française, cascade de boucles blondes, jupettes dansantes en vichy rose, et ballerine aux pieds, symbole d'une liberté féminine nouvelle. Mais celle que nous aimions, que nous préférions à toutes les autres, c'était Romy Schneider, dont l'agent habitait tout près de notre lycée, ce qui nous donnait l'impression de la connaître personnellement. Elle tournait film sur film, princesse au grand cœur, jeune fille populaire rencontrant son prince charmant, pour finir en Sissi internationale.

Quand j'y repense aujourd'hui, il me semble que le cinéma autrichien de l'époque n'était pas d'un contenu culturel très élevé, des histoires d'amours montagnardes, des jeunes filles attendant leur avenir dans un tourbillon de musique légère. Mais il y avait aussi les films étrangers qui passaient dans les cinémas viennois, « La Source, Les fraises sauvages, Le septième sceau » d'Ingmar Bergman, les films américains, James Dean, Exodus de Preminger, Hitchcock, le maître du suspense avec Vertigo, et les rétrospectives thématiques comme le cycle de Greta Garbo ou le néoréalisme italien à l'Université de Vienne. Et avec Tina, le cinéma, c'était notre évasion, on allait au moins une fois par semaine dans ce petit cinéma de quartier qui passait les dernières nouveautés !

Tina

Tina suivait des études de langues romanes à l'Université de Vienne, une des plus anciennes d'Europe. Ses parents étaient tous les deux professeurs de lycée et voyaient d'un bon œil son choix – devenir professeur, c'est bien pour une fille, c'est un métier aux horaires adaptables, avec des vacances qui permettent de bien s'occuper de ses enfants quand elle serait mariée. C'était l'aspiration générale, un mari, des enfants, la profession était accessoire. Le métier d'enseignant était très favorable à la vie de famille, l'école avait lieu surtout le matin, tous les jours sauf le dimanche. L'après-midi, les devoirs faits, les enfants pouvaient profiter du temps libre pour jouer dehors, aller à la piscine ou suivre des cours de musique ou de sport. La mère de famille gérait.

Mais Tina, elle, voulait devenir interprète. Elle aimait la relation entre deux langues, les parentés, les imbrications, les jeux de mots. Elle prévoyait un voyage à Paris pour enfin parler cette langue couramment, car si les études universitaires formaient, instruisaient, perfectionnaient par écrit, en oral l'enseignement n'était pas performant.

Donc premier été, direction Paris, jeune fille au pair, avec en prime des cours à l'Alliance française en suivant deux fois par semaine les couloirs interminables de la station du Châtelet. Famille très sympathique, jeune couple amoureux avec – déjà – le troisième bébé. Après un mois, l'acquis était minimal, courses chez le boulanger, le boucher, le fromager, leçons de français à l'Alliance française, avec des Espagnols, des Allemands, des Danoises, le profit était loin d'être évident. Paris l'avait fait rêver, mais finalement, elle n'y avait rien vu.

Une autre année, elle était partie dans le Sud de la France. Anna l'avait accompagnée – Trieste, Venise, Milan – puis avait enchaîné vers Rome où une de ses tantes habitait depuis longtemps. Tina avait continué seule vers Marseille – visite à la Bonne Mère, au Vieux Port. Elle allait retrouver une amie, relation épistolaire dont la famille l'accueillit à bras ouverts. Quelques jours de liberté au milieu d'un groupe de jeunes, la mer, le soleil, les plages dans les Calanques, paysage sauvage, séduisant. Et elle était séduite, Tina, elle vivait, parlait, mangeait français.

Elle promit à son amie Caroline de revenir bientôt, mais elle avait rendez-vous dans la région de Montpellier. Une adresse qu'on lui avait donnée, une famille qui cherchait une jeune fille au pair pour quelques mois.

Montpellier, Sète, Pézenas. Belles villes, belles plages qu'elle aura envie de revoir. Remontée dans l'arrière-pays. Paysages de Provence, paysages de Toscane... elle découvre des vignes à perte de vue, ponctuées de cyprès élancés et de champs d'oliviers, arbres ronds, ramassés, au feuillage gris vert, qui tranchent avec les cyprès sombres. De petits îlots de pins sur une colline, entourant une maison de maître, un domaine. Paysage d'harmonie qui l'inspire, qui la repose. Le bus avance sur la route. On l'attend au prochain village.

L'adresse avait été bonne. Les trois garçons n'avaient pas posé de problème, turbulents, mais pleins de bonne volonté. Les parents, viticulteurs, assez jeunes, très investis dans le développement de leur domaine, lui avaient vite fait confiance et lui laissaient pas mal de liberté. Malgré le travail, ils trouvaient du temps pour participer à des fêtes et lui faire connaître leurs voisins et amis. Ils aimaient la culture de la vigne, du vin. En ce temps, le vin du Languedoc n'était pas toujours apprécié. On disait que la quantité l'emportait sur la qualité. La plus grande cave coopérative d'Europe se trouvait par ici. Mais André et Sylvie avaient le goût du vin, du travail bien fait et ils apportaient un grand soin au travail de la vigne et de la cave.

Tina n'aimait pas le vin, elle avait essayé d'en boire avec les amis dans les guinguettes de Vienne comme à *Grinzing* où on dégustait le vin blanc nouveau après les vendanges. Elle n'avait pas aimé ce goût acidulé qui lui râpait les papilles et elle en était restée là. Mais au contact de ces vignerons passionnés, elle voulait en savoir davantage. Elle commençait à suivre leur travail dans les vignes et profitait des animations pour assister à des dégustations. Une fois, André l'avait emmené à une foire avec d'autres professionnels. En entrant dans la salle, elle voyait sur une longue table couverte d'une nappe blanche une dizaine de bouteilles alignées derrière une rangée de verres à pied. Blancs, rosés, rouges. Dans les blancs un Picpoul légèrement acidulé pour accompagner les huîtres, un sauvignon, plus doux et fruité, puis des rosés transparents ou couleur de feu, enfin des rouges grenat ou sombre aux cépages divers - syrah, grenache, mourvèdre au tanin plus soutenu, des vins qui allaient développer leur personnalité pendant leur séjour à la cave. A la fin, muscat et clairette, cépages de la région. On lui présenta un verre. Il fallait déguster sans laisser une seule bouteille de côté. On lui montra : « on te verse un fond de verre, tu bois, tu n'avales surtout pas, tu roules le vin dans ta bouche, autour de ta langue, tu le laisse imprégner ton palais...et tu le recraches dans ce seau à côté de la table. Et tu recommences avec la bouteille suivante ! » Tina en tremblait. Tant de verres, l'un après l'autre, elle n'osait pas cracher, ça ne se fait pas, il lui semble que ça ne se fait pas, mais elle voit ses voisins avancer vers le seau tout naturellement, et continuer de bouteille en bouteille. La tête lui tourne déjà. Elle finit par cracher comme les autres. Elle tourne le verre d'un mouvement du poignet pour observer les couleurs, les jambages. Elle plonge son nez dans le verre pour sentir le bouquet. Elle fait rouler le liquide dans la bouche. Elle mâche. Elle trouve des parfums, des goûts de cerise, de framboise, de cassis, de chocolat ou de réglisse. Elle sent la différence, trouve sa préférence. Elle comprend mieux ce que Sylvie et André essaient de lui dire. Les derniers verres lui font tourner la tête. Même en crachant, elle a avalé du vin et se sent défaillir. Elle s'appuie sur le jeune homme à côté d'elle. « Oh, Vincent, je ne t'avais pas encore vu ! » Elle l'avait déjà rencontré dans des soirées et il lui avait plu. Lui aussi était vigneron, passionné, il lui avait montré son exploitation, vignobles et cave. L'importance du choix des cépages sur les parcelles selon le terrain. Il en parlait comme un amoureux, il aimait son métier. Il voulait que le résultat soit sans reproche, il voulait faire un vin de caractère, personnel. Relever le défi d'un vin de qualité. Tina était impressionnée. Elle n'avait jamais réfléchi au rôle culturel et économique du vin, qu'elle venait de découvrir ici.

Après l'été, elle retournerait à Vienne pour continuer ses études. Mais elle était décidée à revenir rapidement dans ce pays du Sud où elle avait trouvé des amis, où elle découvrait d'autres chemins, d'autres passions.

Été 1970

Elise

Demain, on fêtera nos dix ans de mariage… Paul y tient, il est tout content…10 ans déjà, quand je dis déjà, cela me semble quand-même un peu plus long que ça...je l'ai eue, ma belle robe de mariée, les roses blanches, les demoiselles d'honneur…des enfants très vite, trois, j'étais bien occupée…nous n'avons pas profité longtemps d'une vie à deux, comme je rêvais, sortir, danser, rire, voyager... je suis fatiguée, je me sens enfermée…Paul est heureux, il ne le voit pas, mon problème, il n'a pas voulu que je prenne un travail, « non, je gagne assez avec l'agence, m'a-t-il dit, reste à la maison, les enfants auront besoin de leur maman »… les enfants, ils sont mignons, sages comme des images… ma mère dit qu'ils sont trop sages, « des enfants, il faut que ça bouge »… Paul, il les trouve bien comme ça, mais il ne les voit pas beaucoup… l'agence, toujours l'agence... et lui, il voyage, il part en Toscane, il part à Paris, il part au Maroc, même en Suède... pourquoi ne m'emmène-t-il jamais ... juste pour notre lune de miel, on est partis à deux à Venise… Venise, c'était romantique, on était dans un petit hôtel au centre, on se promenait, on partait sur les canaux avec le vaporetto, une fois, on avait même pris une gondole comme dans les films... le gondolier ne chantait pas, mais nous oui... on s'aimait ….je croyais qu'on serait amoureux toute notre vie...la fête me perturbe, cela fait comme un bilan… qu'est-ce que j'ai fait pendant ces dix ans ? Je me regarde dans le miroir, pas de rides, pas de cheveux blancs, mais des yeux tristes, des larmes faciles, je me sens déjà bien vieille… à 28 ans, c'est désolant… mes amies se promènent, Anna est en Toscane, « la lumière est belle » m'écrit-elle, elle s'est mise à la peinture, ma sœur aussi voyage, elle est hôtesse de l'air, quelle chance... moi, je suis clouée, coincée, il me semble que je vis la vie de quelqu'un d'autre... « mon soleil, mon papillon, mon arc en ciel », me disait Paul autrefois.....on avait du temps l'un pour l'autre, on était heureux....et maintenant ? on peut dire que le soleil est tout gris, et le papillon fané... Paul, qu'est-ce qu'on est devenus ?

    Elise s'affaire dans la cuisine. Elle préfère s'occuper pour ne pas réfléchir. Sabine l'a aidée à préparer la table. C'est un buffet simple pour la famille et quelques amis. Des saucisses de Francfort que tout le monde mangera avec les doigts, qu'on trempera dans de la moutarde douce appelée *Senf*, et qu'on accompagnera de petits pains viennois, pains blancs ronds aux entailles typiques en étoile. Il y aura des toasts au pâté, aux œufs, à la crème d'anchois, au fromage blanc parfumé au paprika. Des cornichons aigres-doux, une grosse salade de pommes de terre et une autre de choux blancs coupés très fin. Des piles d'assiettes attendent déjà au bout de la table sur la nappe aux carreaux rouge et blanc. A côté, les verres sont alignés. On boira du vin blanc frais de la proche région, il y aura du jus de pomme et de la limonade pour les enfants.

 Le clou sera le dessert, le gâteau de fête, chocolat mousseux surmonté d'un dôme de crème Chantilly, légère, aérée, neigeuse, une montagne de Chantilly. Pour fêter ce moment, on servira du *Sekt*, le champagne habituel.

 Elise scrute la table pour voir si rien n'a été oublié.

 « Elise, tu viens ? Tes parents sont arrivés ! » C'est Paul qui accueille les invités. Elle soupire. Son père. Si fier de son gendre. Il était si heureux quand Elise a épousé Paul. Un jeune si poli, si prévenant, si travailleur. Il ne comprendrait pas les troubles d'Elise. Elle ne comprend pas elle-même... Tout va bien, Elise, tout va bien ! Elle se calme, respire. Se redresse et va accueillir ses invités.

Tina

Elle est venue pour Elise. Elle ne l'a pas vue depuis longtemps. Tina est partie pour la France, elle s'est mariée avec Vincent. Elles ont échangé des lettres de temps en temps, Tina avait compris que la vie d'Elise n'était pas aussi simple et heureuse qu'elle avait espéré. Son amie déprimait depuis quelque temps. Paul travaillait beaucoup, passionnément. Il développait son agence, innovait, gérait, assurait. Elise s'occupait de la maison, des enfants. Sans soucis. Tout allait bien. Mais elle se sentait de plus en plus seule. Elle ne chantait plus, ne sortait plus. Ses amies proches étaient parties loin, ses sœurs avaient des métiers prenants, ses parents étaient loin d'imaginer ses pensées noires. Et Paul était fort occupée et ne voyait pas de problèmes. Elise se morfondait, ressassait, lui reprochait son absence, son indifférence. Elle avait rêvé, elle était tombée de haut. Déçue. Blessée. Mortifiée. Elle se repliait, en voulait au monde entier, mais d'abord à Paul. Comme s'il y avait eu tromperie sur la marchandise. Et elle ne savait pas à qui parler, où demander conseil. Même ses amies ne pouvaient pas comprendre. Alors elle faisait face comme elle pouvait. Elle s'essoufflait comme un coureur au bout de ses forces. Elle donnait le change. Elle élevait ses enfants avec soin, avec amour. Ecole, temps libre, éducation religieuse, tout était bien géré. Il n'y avait pas de problème.

Pendant son séjour à Vienne, Tina avait essayé de la sortir un peu, de la distraire. La gaieté d'Elise avait disparu. Envolé son dynamisme, évaporée son énergie joyeuse. Elle faisait son devoir, machinalement, mais elle attendait de son entourage les impulsions pour un peu de fantaisie. « Allez, viens, il fait si beau, on va se baigner ensemble ! Ou une promenade dans la forêt viennoise ? On va un peu courir dans le Prater ? » Elise n'avait pas besoin de perdre du poids. Elle avait maigri ces derniers temps. Elle était même carrément maigre, osseuse. Sa grâce l'avait quittée. Tina était vraiment inquiète, il faudrait qu'elle en parle à Paul. Mais il lui était difficile de se mêler de leur vie, elle ne sentait plus cette connivence d'autrefois entre eux. Est-ce que personne ne voyait ce qui était en train de se jouer dans ce couple d'amis, si bien assortis, si amoureux il n'y a pas si longtemps ?

Tina allait repartir. Elle promit à Elise de lui écrire souvent, l'invita à venir la voir dans le Sud, « tu peux emmener les petits ! Si tu veux prendre l'avion, je viens te chercher à l'aéroport ! Cela te ferait du bien de changer d'air, tu te rappelles comme tu étais bonne en français à l'école ? On pourrait aller à la plage avec les enfants, faire des châteaux de sable, courir, nager, allez, promets que tu viendras !» Tina n'était pas rassurée, elle allait écrire à Anna qui n'avait pas pu venir, c'était vraiment dommage, elle aurait aimé la revoir, mais surtout elle aurait peut-être pu consoler Elise, la faire réagir, la faire reprendre des forces, elle avait toujours su la conseiller...

Anna

Je suis tout excitée…demain, c'est un grand jour pour moi... ma première exposition… Carlo et Antonella m'ont beaucoup aidé… depuis que je suis ici, tout va bien, tout me réussit, je vis dans les clichés magnifiques… le soleil de l'Italie, la lumière de la Toscane, des paysages de rêve... ma peinture s'affirme, Carlo me dit que mes tableaux sont *fantastico*, pleins de vie, *luminoso*, j'ai un tel bonheur de peindre ici, j'ai retrouvé une voie, un sens à ma vie…quelle ville merveilleuse… l'atelier de Carlo est réputé, j'ai eu de la chance …j'apprends à regarder, à vivre autrement... l'Italie, les Italiens, dragueurs (on me l'avait dit, et c'est vrai !), charmants, conciliants, pas agressifs, mais dragueurs du matin au soir et plus si affinités... pourtant je ne suis pas blonde, c'est Elise qui ferait fureur ici ... Elise … j'aurais dû aller à Vienne pour son anniversaire de mariage, après tout je suis son témoin de mariage, mais c'est le même jour que l'inauguration, mon exposition ouvre demain… je ne peux pas être à deux endroits à la fois ! C'est peut-être mieux comme ça, j'ai l'impression que ça ne va pas bien, Elise est triste... pourtant, quel couple ! Ils allaient si bien ensemble, c'était l'évidence... j'irai la voir en automne, ce sera plus tranquille ici... j'espère que mes tableaux plairont... il faudrait aussi que j'en vende un peu, je vis sur mes économies, cela ne pourra pas trop durer... j'ai envie de rester encore ici... Thomas ? des fois, je pense à lui ...je crois qu'il va bien, il doit être à Prague en ce moment, toujours par monts et par vaux, adorable, mais pas fiable... dans une vie à deux... je ne sais pas trop quand je le reverrai... je veux continuer à apprendre la peinture avec Carlo... je visite... après Florence, Pise, j'aimerais bien voir Sienne, il paraît que c'est une ville superbe, terre de Sienne, couleur terre, terre précieuse, terre de peintres et de sculpteurs, voilà que je m'amuse avec des mots, tiens, je pourrais faire de la peinture avec des mots, *o sole mio,* quel beau pays que l'Italie !

    Anna était comblée. Elle avait réussi son projet au-delà de ses attentes. Elle était heureuse de ses choix et attendait avec confiance les résultats de son exposition. Elle ne regrettait même pas la séparation avec Thomas – parfois, il lui manquait tout de même un peu – elle s'était plongée dans l'étude de la peinture, dans sa vie avec les amis italiens, elle appréciait leur joie de vivre, leur enthousiasme qui l'enchantait. Elle avait envie de prolonger cette expérience. Les amis viennois lui manquaient, les souvenirs étaient encore forts et bien présents dans sa mémoire, mais elle les avait remisés dans un coin de sa tête, et se consacrait entièrement à sa nouvelle vie. Alors, la lettre de Tina qui lui parlait des soucis d'Elise, l'avait perturbée. Elles avaient été très proches, et Anna n'aurait jamais pensé que Paul et Elise puissent connaître si rapidement – dix ans tout de même – des problèmes aussi sérieux. Elise semblait en train de se perdre, Paul s'impatientait, ne comprenait pas les états d'âme de sa jeune femme, il faisait tous ces efforts pour elle et pour leurs enfants, pour leur bien-être, leur confort. Au lieu d'apprécier, de participer, Elise se retirait, se repliait. Au lieu de faire face en couple, à deux, Elise s'éloignait, refusait l'échange, comme si, adolescente, elle allait bouder dans un coin, elle, une maman de trois enfants. Paul était désarçonné, il ne savait pas comment la motiver, il lui proposait des sorties de temps en temps, comme autrefois, mais elle se sentait à côté de la vie, elle n'avait plus cette énergie qui l'avait séduit. L'avenir s'annonçait difficile.

Sabine

C'est vrai qu'Elise avait changé. Elle était triste, sans énergie, comme une nageuse qui arrivait juste à garder la tête hors de l'eau. Et Paul, mon frère si raisonnable, si organisé, ne trouvait pas de réponses à ces appels au secours. Je ne le comprenais plus. Il y avait des rumeurs qui disaient qu'il cherchait son bonheur ailleurs. Qu'il délaissait sa femme pour d'autres conquêtes. Anna m'avait glissé un jour qu'elle l'avait vu avec une belle Italienne à Rome. Mais moi qui le connaissais bien, qui avait grandi dans son ombre, je n'en croyais rien. Par contre, je voyais bien, qu'il sacrifiait sa famille à son travail, au développement de son agence, aux activités nouvelles. Il ne savait pas déléguer, faisait tout lui-même, bien mieux que les autres, pensait-il, n'avait confiance qu'en lui-même. Elise avait droit aux miettes qui restaient. L'enthousiasme était réservé aux voyages, aux nouvelles rencontres. Sa femme, ses garçons, avaient une grande place dans ses pensées, mais son temps leur était compté. Il lui aurait fallu une femme forte qui prenne toute sa place à la maison, qui l'épaule dans la vie de tous les jours.

Elise avait besoin d'attention, de présence pour rester le papillon léger et gai, elle avait besoin de soleil pour continuer à rayonner. Elle s'étiolait. J'avais bien essayé de l'inclure dans nos activités familiales, elle et les garçons, mais elle avait vite baissé les bras. Et après quelques efforts, Paul aussi avait abandonné. Le couple se perdait, et je n'y pouvais rien.

Tina

Tina était repartie dans le Midi de la France. Elle avait retrouvé Vincent et ses vignobles, le travail des vendanges qui battait son plein et le soleil d'automne qui dorait le paysage. Les vendangeurs arpentaient les coteaux, coupaient les grappes de raisins avec un sécateur à la main et les posaient avec précaution dans les hottes installées entre les rangées de ceps. Dans certaines exploitations, on commençait à vendanger à la machine, chez Vincent et ses voisins, on préférait la mode ancienne qui prenait soin de chaque grappe, mais qui demandait plus de temps et de personnel. La famille participait, et des saisonniers habitués montaient de l'Espagne pour quelques semaines. Les vignobles s'animaient dans un ballet bien réglé, les femmes se penchaient sur les vignes, le seau à remplir posé à côté, puis vidé dans les hottes que les hommes chargeaient sur le dos pour les porter jusqu'à la remorque. Sur les routes étroites, les tracteurs bégayaient et crachotaient, tirant les bennes pleines à petite vitesse jusqu'à la cave. Derrière eux les voitures klaxonnaient et s'amassaient en longue file sans pouvoir doubler. A certains endroits, les chemins se teintaient de couleur cardinal, couverts d'une couche glissante faite de raisins écrasés et des premières feuilles rouges d'automne.

Tina aimait cette période intense au domaine tout centré sur la vigne, engrangeant les grappes, les accumulant dans les cuves, les faisant macérer. Maturation, affinage, dégustations de contrôle jusqu'au résultat souhaité et à la mise en bouteille. Elle avait suivi des formations de vigneron et d'œnologue et s'était plongée avec enthousiasme dans ce monde à part qui cherchait une nouvelle voie économique pour des produits de qualité. Elle avait étudié aussi les méandres de la distribution pour trouver de nouveaux clients aux vins du domaine dont l'appellation « *La Tonnelle Fleurie* » plaisait au-delà des attentes aux amateurs.

Elle avait réfléchi, observé l'organisation des viticulteurs du département. Il y avait le monde des caves coopératives, bien structuré. Vincent et ses amis, par contre, avaient chacun un domaine, une appellation et la responsabilité entière de leur production. Et au-delà, la distribution et la vente. Il y avait, bien sûr, l'accueil au domaine avec, devant le portail, de grands panneaux qui annonçaient la dégustation et la vente aux passants. Tina y prenait sa place, servait, expliquait, vendait, emballait. Les résultats étaient encourageants. Mais ce n'était pas suffisant. Il y avait les dépôts chez des cavistes de la région, valeur sûre, mais au retour économique plus lent. Tina avait appris que certains vignerons avaient pris des contacts dans les grandes villes, Montpellier, la voisine, mais aussi Paris, la capitale. Elle avait recherché des adresses de bistrots et de restaurants qui semblaient correspondre à la qualité du vin proposé. A Paris, plusieurs cafetiers avaient répondu. En accord avec Vincent qui n'y croyait pourtant pas trop, Tina avait décidé de monter à Paris avec la camionnette chargée de cartons de bouteilles variées représentant le domaine.

Un lundi matin de très bonne heure, Tina se mit au volant et prit la longue route jusqu'à Paris. Elle partit seule, Vincent avait des rendez-vous sur le domaine. Mais Tina était contente. « C'est la première fois que je conduis toute seule aussi loin. Mais j'ai le temps, je ne suis pas pressée. Il y a juste l'entrée à Paris qui m'inquiète un peu, Il y aura sûrement une circulation intense ! » Elle s'arrêta avant la nuit chez une amie en dehors de Paris, une productrice de miel qu'elle avait connue dans une foire agricole, pour se reposer et être en forme le lendemain.

Arrivée dans Paris, elle cherche la première adresse, dans un quartier du centre, se faufile adroitement au milieu des voitures, trouve à se garer à quelques pas du restaurant, traverse la rue et entre dans la salle enfumée. Elle s'adresse au barman derrière la thèque en marbre :

« Pourrais-je parler au patron, s'il vous plaît ? »

yeux : Puis elle hésite, avale sa salive, écarquille les

« Victor ? »

Le garçon pose les tasses de café qu'il est en train de servir et lui sourit, surpris :

« Mais Tina, qu'est-ce que tu fais là ? »

Ils sont heureux de se retrouver ainsi, après des d'années sans nouvelles. Ils se font la bise, sur les joues, comme on le fait en France. Ils n'ont pas le temps de discuter, le patron arrive.

Eté 1973

Victor

C'était fait, Victor s'était installé à Montpellier. La rencontre avec Tina avait bouleversé son quotidien. Depuis quelque temps, sa vie parisienne lui pesait, il avait envie de soleil, de pinède, de cigales. Son expérience de barman dans le quartier du Marais lui permettait de trouver facilement du travail ailleurs. Le Languedoc était en plein développement touristique, la côte aux plages de sable immenses subissait un aménagement planifié à l'architecture originale. Montpellier, grande ville universitaire, au centre historique médiéval, aux places ombragées entourées de bistrots et de restaurants, aux rues courbes qui se faufilaient entre les maisons anciennes, cossues, s'étendait vers de nouvelles banlieues aux immeubles carrés et froids. C'étaient les plages qui attiraient les touristes, mais tout autour de la ville, le paysage invitait aux promenades, au repos, à la méditation. Pinèdes, garrigue, vignobles, odeur de thym, de romarin, de lavande, soleil et chaleur du Midi. Victor s'y sentait bien.

Depuis qu'il avait revu Tina, il avait envie de changer des choses dans sa vie. C'était vraiment un choc, après cette coupure nette, pendant des années, il pensait avoir fait le vide, oublié ses derniers moments à Vienne, balayé ses souvenirs, ses amis, sa famille. Cette nouvelle vie lui convenait très bien, il avait assez vadrouillé pour avoir vécu des sentiments neufs, de jolies découvertes, fait des métiers variés, dans le sport ou l'animation, pour finir serveur dans un bar. Il allait là, où le vent le portait, il s'adaptait partout. Parfois un petit tourbillon, quelques amourettes, des paysages étrangers, sublimes, tiens, cela lui donnait envie de repartir !

Quand il a vu entrer Tina, il a failli ne pas la reconnaître. Elle avait embelli, ses cheveux blonds bouclés liés en une natte épaisse serpentaient dans sa nuque, elle portait une jupe longue fleurie couleur Provence et elle sentait bon la lavande. Le patron était d'ailleurs conquis, après avoir dégusté les vins qui étaient bons, il avait passé une belle commande.

Ils ont eu le temps d'échanger quelques mots en buvant un petit café pendant la pause de Victor, puis chacun a dû retourner à ses obligations. Ils se sont promis de rester en contact. Mais qu'est-ce qu'elle était belle ! Victor était sous le charme. Il avait bien l'intention de la revoir.

Tina

Tina était contente de son voyage à Paris. Elle avait réussi à amorcer des commandes pour le domaine, Vincent l'avait félicitée, il n'y avait cru qu'à moitié. Elle avait aussi pris des contacts à Montpellier où elle avait eu un bon accueil. Cela valait la peine de continuer ces recherches ciblées. Il y avait une autre idée qui était à creuser, qui lui trottait dans la tête depuis quelque temps. Pendant sa dernière visite à Vienne, à l'occasion de la fête d'Elise et de Paul, elle avait pris des contacts avec des vignerons de Vienne. Car tout autour de Vienne il y avait des collines plantées de vignobles qui, dès la fin des vendanges et de la vinification, proposaient une formule originale, le « *Heuriger* ». Les viticulteurs avaient le droit de signaler leur cave avec des rameaux de pin accrochés comme des drapeaux au-dessus de leur porte, et accueillaient les passants qui désiraient déguster le vin nouveau. Ils les servaient sur de longues tables à l'extérieur en proposant en même temps un pique-nique composé de produits faits maison. Plus tard, le succès venu, les vignerons agrandissaient, développaient, créaient des tavernes, des guinguettes où on pouvait boire le vin nouveau, manger des spécialités de salades et de charcuterie, bavarder, chanter et écouter de la musique de cithare. Aujourd'hui encore, cette formule d'accueil est très appréciée et fait partie des traditions viennoises. Tina s'interrogeait sur les possibilités d'initier un accueil similaire sur le domaine. Elle avait l'intention d'étudier de près l'organisation à Vienne et ensuite de voir les applications possibles en France.

Tina avait pris son billet de train pour Vienne. Montpellier, Milan, Venise, puis l'Autriche. Ce serait long, comme à chaque fois, il fallait se munir de pique-nique et de lecture pour tenir le coup. Mais il lui tardait de revoir ses amies, Anna était revenue d'Italie, Elise semblait aller mieux et Sabine assurait. Elles avaient préparé tout un programme de visites et Tina se réjouissait d'avance. Le temps était clément, le soleil de mai caressait ses cheveux, les gens dans la rue étaient souriants et Tina avançait sur l'avenue vers le café où elles avaient prévu de se rencontrer entre filles.

Les retrouvailles furent joyeuses, tout au plaisir de remonter quelques années en arrière, en toute liberté. Le premier soir, elles commencèrent par une visite dans la cave de jazz où des amis avaient créé un groupe de musique, du swing, du jazz New Orleans. Christian qui faisait le maître de maison, se rappelait qu'Elise avait toujours aimé chanter, il l'invita à se joindre au groupe pour faire la vocaliste, si elle en avait envie. Et Elise qui s'était pourtant effacée depuis longtemps, accepta timidement, et une fois sur scène, se lança dans une prestation appréciée par la salle. La voix était belle, le rythme swing à souhait. Elise rayonnait.

« Tu chantes toujours dans la chorale, Elise ? »

« Non, je n'ai plus le temps. Et je ne connais plus personne. Et puis Paul aime bien que je sois à la maison quand il rentre. »

« C'est dommage, tu devrais reprendre, ta voix est toujours belle, et on voit que tu aimes chanter ! »

finie. Mais Elise se refermait. La parenthèse était finie.

Les journées se passaient entre des visites de musées, du shopping dans le centre-ville, des promenades dans les parcs fleuris et de longues haltes dans les librairies à la recherche de livres en langue allemande. Tout ce qu'elle ne pouvait pas faire dans sa vie française et qui lui manquait parfois. Elle trouvait aussi les fameuses adresses pour étudier les tavernes viennoises, à *Grinzing*, *Sievering* ou *Nussdorf*, lieux réputés aux environs de Vienne. Les contacts étaient intéressants, les propriétaires étaient aimables et voulaient bien la renseigner sur les particularités de la formule du « *Heuriger* ». Mais les conditions d'exploitation étaient très liées au contexte local, à un décret spécial qui remontait à des années, à des coutumes bien installées, et Tina doutait de pouvoir reproduire cet accueil d'intimité et de détente dans le cadre du domaine français. Par contre, une fin d'après-midi, elle profita de ses sorties pour inviter ses amies à *Grinzing*, dans un local réputé. Elles choisirent une table à l'extérieur sous la tonnelle, au calme, et Tina commanda le fameux vin blanc, arrosé d'eau pétillante, le *Gespritzter*. Une assiette de charcuterie la tentait et bientôt, elles étaient en train de se raconter les grands et petits événements de leur vie qui ne s'écrivaient pas dans des lettres.

Anna parle de ses aventures artistiques en Toscane. L'exposition a eu du succès, elle a vendu des tableaux, quelques aquarelles et des peintures à l'huile qui sont devenues son expression préférée. Carlo l'a soutenue, elle a beaucoup appris avec lui, elle a profité de son renom pour se faire connaître. Mais elle a préféré partir à Rome ensuite, Carlo devenait un peu trop pressant, dragueur - on est en Italie – et elle ne savait plus comment le fréquenter sans chagriner Antonella qu'elle aimait beaucoup, et sans froisser Carlo à qui elle devait tout son succès. De retour à Vienne depuis peu, elle pense déjà à repartir, vers le Sud, le Maroc peut-être. Toujours la recherche de la lumière, et l'exemple de peintres illustres. « J'espère que je saurai exprimer tout le charme et la beauté de ce pays. Vous avez déjà vu les aquarelles de Delacroix peintes au Maroc ? Elles sont magnifiques, pleines de puissance et de poésie, elles me font rêver ! »

Elise raconte sa vie avec les enfants. « Je me sens parfois dépassée, il faut que je m'occupe de tout,

Paul n'a jamais le temps. Les enfants mangent mes journées, de vrais petits ogres, Maman par ci, Maman par-là, je ne regrette pas de les avoir... ils ont grandi, c'est plus facile... mais ma vie à moi, quand est-ce que je pourrai la vivre ? » Sa mère l'aide un petit peu, elle a pu reprendre des cours de danse quand les enfants sont à l'école, cela la détend et elle voit un peu de monde. Paul lui a promis un voyage cet été, « une petite semaine, rien que nous deux ! » Peut-être la Tunisie, ou le Maroc, cela les dépayserait. Elle attend de voir...

Sabine écoute et compatit. Elle est heureuse de sa vie avec Christian, ils s'occupent des enfants ensemble, ou à tour de rôle. Ils en ont trois, comme Paul et Elise, mais Sabine travaille à mi-temps dans le service comptable d'une banque et Christian est professeur de musique dans un collège. « On arrive à bien organiser nos emplois du temps, Christian est assez disponible et les filles adorent passer du temps avec lui. Vous les verriez quand ils font de la musique ensemble, c'est la fête à la maison ! » Sabine est songeuse, elle n'envie pas sa belle-sœur qui doit s'organiser seule avec ses garçons.

Mais Tina ne se retient plus : « Vous ne devinerez jamais qui j'ai revu à Paris ! Victor ! Il était barman dans un bistrot chic, j'ai failli ne pas le reconnaître. Toujours beau garçon, cheveux longs, en queue de cheval, ça lui va bien. Tablier noir, gilet noir, chemise blanche, la classe, un vrai garçon de café de Paris ! Et j'ai bien l'intention de le revoir ! »
Elle hésite un instant : « excuse-moi, Elise, je n'y pensais plus... »

Mais Elise est comme absente, elle suit ses pensées, elle ne répond pas à la remarque de Tina. N'avait-elle pas entendu ou le sujet était-il classé dans un petit coin de sa tête ? Tina décide de continuer. « Il a l'intention de descendre dans le Midi pour chercher un travail sur les plages cet été. Ce ne sera pas loin de chez moi, on pourra se retrouver plus souvent ! » Elle raconte aussi ses apprentissages dans le monde de la vigne, sa passion pour le domaine. Elle boit toujours très peu de vin, mais elle apprécie et déguste avec plaisir. Son mariage ? Cela s'est fait assez vite, une petite fête familiale, Vincent est fils unique, ses parents sont bien vieux et ont passé la main depuis quelques années déjà. Beaucoup de travail dans les vignobles, dans la cave, des engagement syndicaux pour faire avancer la cause des viticulteurs qui souffrent d'un environnement économique difficile. « En fait, il est toujours très occupé, heureusement que je travaille avec lui, sinon, je ne le verrais pas beaucoup... Bon, vous n'avez pas envie d'un petit gâteau pour finir notre sortie ? Encore un verre ou deux ? De toute façon, on rentre en tramway, on n'aura pas de problèmes. »

Elles se racontent encore des nouvelles de gens perdus de vue, commandent une dernière tasse de café et une douceur pleine de crème et profitent de la brise tiède du soir pour faire un bout de chemin à pied.

Retour dans le Sud

La plage, le soleil, les vagues qui lèchent doucement le sable. Pas un brin de vent. Tina a oublié son parasol. Elle fond littéralement dans la chaleur de juillet. Elle est revenue dans son cher Midi et profite d'une journée tranquille pour retrouver les sensations joyeuses des bains de soleil et de mer bleue. Elle s'est posée entre deux buissons au creux d'une dune dorée et attend Victor qui doit la rejoindre en fin d'après-midi. Le voilà qui court dans le sable chaud en sautillant. Les espadrilles à la main, en bermuda et torse nu, il s'approche en jurant : « mais c'est brûlant, ça fait mal ! » Il jette sa serviette par terre à côté de Tina et s'étend sur le dos avec volupté. « Fini la journée, c'est trop bon ! » Il se tourne vers elle : « Alors, raconte ! » Cela la fait rire. Le garçon qui disait avoir coupé avec sa vie d'avant et qui la tanne de donner des nouvelles de Vienne ! Et elle raconte. Le père Léo qui les mène toujours à la baguette, Paul qui voyage beaucoup, les amis musiciens de jazz et la soirée réussie à la cave, le petit vin blanc à *Grinzing*, les glaciers, les cinémas, les cafés de Vienne...

« Et toi, Victor ? Quand est-ce que tu y vas ? »

« Je ne sais pas. J'ai peur de la nostalgie, ça peint tout en gris, en mauve, même en noir. A moins que tu viennes avec moi pour me remonter le moral ! »

Et il se tourne sur le ventre et tend la main vers elle. Il la frôle, la touche du bout de ses doigts, caresse doucement sa nuque, la peau douce et chaude de son dos, enserre la taille de Tina qui frissonne malgré la chaleur. Il l'enlace et la tire contre lui. « Qu'est-ce qui m'arrive ? Il me drague ? Et je le laisse faire ? » La sensation puissante de bien-être se mêle à la chaleur du soleil, elle ne résiste pas, s'abandonne, sent les pulsions l'envahir, répond finalement avec ferveur. S'étonne, mais consent. Une vague brûlante parcourt son corps, l'emporte loin.

La plage est vide, mais elle ne s'en était pas rendue compte. Elle reprend pied dans la réalité, encore toute à ses sensations de bonheur intense et inattendu. Victor s'est levé. Il secoue la serviette pleine de sable qui gratte la peau huilée, et se penche pour l'embrasser. Il ne doute pas, il n'a pas de regret. Elle ne sait pas. Il y a Vincent, tout de même. Mais c'était si bon avec Victor, si spontané, comme inévitable. Ne plus réfléchir. Laisser venir. Elle verra bien.

Les années 80

Quelques années ont passé. Tina a quitté Vincent, deux hommes en même temps dans sa vie, c'était trop compliqué. Elle a choisi la vie avec Victor. L'amitié ancienne ou une passion subite pour l'homme qu'il était devenu ? De toute façon, elle avait toujours eu des sentiments tendres pour lui, il est chaleureux, spontané, la vie avec lui est amusante, pleine de surprises. Il aime changer de travail, barman l'hiver, animateur de vacances l'été, il s'est remis à la musique, guitare et harmonica, et a créé un groupe avec quelques amis. Tina a trouvé un emploi dans un comité de tourisme, elle vend la région comme elle vendait le vin autrefois. La vie est belle sous le soleil.

Ils n'avaient pas prévu de bébé, mais Nathalie est arrivée et Victor s'est révélé un père engagé, fou de sa petite fille, père joueur, qui dorlote ce bébé et s'en occupe bien. Ils s'organisent tant bien que mal pour la garder, et l'emmènent souvent dans un sac sur le dos quand ils partent en balade ou en soirée. Ils ne sont pas retournés à Vienne, Tina n'était pas très proche de ses parents et Victor se sent bien dans sa vie d'ici. Ils se trouvent bien dans le Sud et aiment leur vie un peu bohème.

Ils ont des nouvelles de leurs amis. Sabine écrit régulièrement des lettres, raconte les petits événements familiaux pour tenir Victor au courant, et téléphone parfois lors de grandes occasions. Anna voyage à travers le monde et retrouve Thomas de temps en temps, ces deux-là s'entendent bien malgré les absences, ou peut-être justement ces absences rendent-elles les présences plus vivantes, plus précieuses ?

Elise n'allait pas bien. Le couple avait essayé de se retrouver, de créer un rythme plus facile avec leurs enfants ados. Mais le rapprochement leur avait été fatal. Elise était tombée enceinte, et la grossesse avait attaqué ses dernières forces. Elle n'avait aucune envie d'avoir ce bébé, alors que Paul se réjouissait d'avance d'un petit dernier et désapprouvait l'attitude de sa femme. Après ses trois garçons, elle mit au monde une petite fille, mais s'en désintéressa aussitôt et Paul dut faire appel à sa belle-mère pour s'occuper du bébé. Le médecin constata une dépression sévère et prescrivit un traitement radical.

Quelques années plus tard

Tina

La nouvelle était tombée brutalement. Sabine avait appelé, encore sous le choc. Elise avait eu un accident. Toujours sous médicaments, inattentive dans la vie de tous les jours, elle avait traversé une rangée de voitures en stationnement et jailli sans précaution sur la chaussée. Le chauffeur du bus ne l'avait vue qu'au dernier moment et était incapable de freiner à temps. Transportée à l'hôpital tout proche, elle était entre la vie et la mort.

L'angoisse nous étreint. On est loin, on imagine, on se sent proche par les sentiments liés au passé, mais en fait, on ne peut rien faire. On pense à Paul, aux enfants, à la famille. Est-ce qu'on prie ? Paul sûrement, Victor et moi, nous ne savons plus, nous avons perdu ces gestes qui réconfortent, nous n'avons rien renié de notre culture, mais nous ne la pratiquons plus. Est-ce que cela nous donnerait la sérénité qui nous manque dans ces moments difficiles ?

L'issue était prévisible, Elise est morte ce matin.

Nous sommes anéantis, le passé remonte, submerge le présent. Je suis très touchée, mais c'est Victor qui m'inquiète. On dirait qu'avec Elise, un pan de sa vie est parti. Il a perdu sa gaîté, sa légèreté, son insouciance. Il s'est renfermé.

Nous n'irons pas à l'enterrement. Les moyens de transport sont toujours aussi compliqués, en voiture, il faut compter deux bonnes journées. La petite est fatiguée ces temps-ci, elle est plus fragile. Il me semble difficile de faire ce long voyage pour accompagner Elise jusqu'au bout de son chemin. J'ai du chagrin, et de la distance. Et je pense que la vie doit continuer. Pour nous, la vie est ici. Vienne est loin de nous, loin derrière nous, n'est-ce pas, Victor ?

L'année 2000 a commencé à Vienne

Sabine

J'ai accompagné Victor à l'aéroport. Il retourne chez lui, en France. J'ai apprécié le temps que nous avons passé ensemble pendant 15 jours. De vraies vacances entre frère et sœur. Victor a fini par se livrer un peu. Car sous son apparence nonchalante, il est étonnamment réservé et garde en lui ses préoccupations tout en faisant des blagues.

« Tu pourrais rester un peu plus avec nous, tu viens si rarement à Vienne ! J'ai eu tant de plaisir à échanger avec toi. Je crois que j'ai rajeuni en retrouvant tous ces souvenirs. »

« Mais ça ne te rend pas mélancolique, de remonter ainsi dans le temps ? Moi, ça me déprime. Je pense à tout ce que j'ai raté, tout ce que je n'ai pas pu faire, je pense au temps qui passe, vite, trop vite. Je préfère rester dans le présent et profiter pleinement des situations qui se présentent. »

Je le serre contre moi, mon grand frère, malgré le gros anorak qu'il a enfilé pour le voyage hivernal. Il me dépasse d'une tête, mais j'ébouriffe ses boucles blondes où je ne vois pas un seul cheveu blanc. Il me semble qu'il est resté le même jeune homme un peu rebelle que j'ai connu dans mon adolescence.

« Et que vas-tu faire à ton retour en France ? »

« Je vais repartir à Paris, dans le Marais où j'ai gardé des amis. Il faudra que je me calme un peu. Mais j'ai encore envie d'arpenter des chemins ailleurs, de continuer à guider des randonnées dans des pays magnifiques, j'ai aimé les grandes étendues, les déserts à perte de vue, les cimes et leurs panoramas, les villes trépidantes, Paris, Rome, Marrakech – tiens, j'aurais pu travailler avec Paul, si j'étais revenu à Vienne – je comprends qu'il aime son agence, cette agitation organisée, cette tentation vers un ailleurs toujours renouvelé. Quand je vous quitte, j'ai des regrets, mais ensuite, j'ai tant à voir encore. Si je fais un petit bilan, je ne suis pas mécontent de mon sort, j'ai la soixantaine, une bonne santé, je suis pas mal de ma personne – j'ai encore du succès auprès des dames – bon, pas très stable, c'est vrai, j'ai du mal à m'attacher longtemps. »

« Et ta fille ? »

« Ah, ma fille, c'est bon de la retrouver de temps en temps ! Elle me manque, elle m'aime bien... on s'entend bien, mais on ne se voit pas beaucoup. Nathalie est toujours avec sa maman, heureusement qu'elle a assuré, Tina. Elles sont restées dans le Midi, près de Montpellier. On formait une jolie petite famille, mais à un moment, ça a craqué. Ma faute, je pense. Je n'arrive pas à rester longtemps au même endroit, ni avec la même femme. Il faut que ça bouge. J'ai besoin d'émotions, de passions, d'impressions nouvelles. Tina était formidable, elle a compris, et nous nous sommes séparés en douceur quand Nathalie avait dix ans. »

« Oui, Tina m'avait écrit à ce moment-là, elle était très secouée, même si elle s'y attendait un peu. Heureusement qu'elle est très positive, et que tu as pu garder les liens avec elle et ta fille. »

« Et plus tard, tu le sais, elle te l'a écrit aussi, elle a retrouvé Vincent qui n'avait jamais refait sa vie, comme s'il avait voulu l'attendre. Tout va bien et Nathalie y a trouvé sa vocation, elle veut devenir œnologue. Elle est déjà très savante, et quand nous allons ensemble dans un bon restaurant, c'est elle qui choisit les vins. »

Nous nous sommes assis à une petite table près du passage.

« Un petit café ?»

Je suis pensive. En replongeant dans nos souvenirs, je m'aperçois que, de tous nos amis, je suis la seule à avoir créé une famille classique, normale, traditionnelle, si on veut. Christian et les filles sont pour moi le plus important et ils me le rendent bien. Nous sommes bien ancrés dans notre ville, dans notre vie. Nous avons connu notre bonheur de cette manière-là. Mais quand je pense à nos amis, à mes frères, je suis étonnée de notre évolution si différente. Nous étions du même quartier, du même milieu, nous avions les mêmes intérêts, les mêmes activités et dès nos vingt ans, nous avons été dispersés. Anna, l'artiste, s'est envolée, affirmée, elle est heureuse dans sa vie de nomade, Tina est partie à l'autre bout de l'Europe pour découvrir une autre manière de vivre, vivre libre, sans rendre des comptes à sa famille. Paul et Elise, le couple idéal, s'est délité, déchiré, ils se sont rendus malheureux à tour de rôle. Et Victor, mon cher Victor, ne sait pas toujours ce qu'il veut, mais sait toujours ce qu'il ne veut pas. Pas de compromis. Pas de monotonie. Être surpris, ému, étonné, être au centre de l'action. Puisque tu trouves ton bonheur dans ce mouvement, mon frère, va, envole-toi à nouveau, je t'accompagne en pensée.

« Il est temps de partir ! L'embarquement a commencé. «

Victor est déjà ailleurs. Ils s'embrassent, se séparent. Il se retourne en avançant dans le couloir et lui fait un petit signe affectueux. Sabine a chaud au cœur. Puis elle se tourne vers la sortie et rentre dans sa ville enneigée.